tredition Taschenbuch

Ein Mann geht seinen Weg und auf eine Reise, gedanklich wie physisch. Er sucht und findet die Einzigartigkeit mit Erfüllung im Augenblick, erdenkt und erschafft das Zeitfenster und erforscht Riten der Mannwerdung.

Kommenden, dem starken Geschlecht zuzuordnenden Generationen, wird Tequila-Stuntman-Trinken Männlichkeitsritual, Mutprobe wie Kult sein. Nur die tote Katze gehört nicht zwingend dazu. Drei Serge, ein Joest und die Jungs kreuzen seine Bahnen. Ein Serge stirbt für seine Ideale den Heldentod. Und Eva bleibt verschwunden.

S. Allan Filz

JETZT IST MORGEN GESTERN

Aphorismen

tredition
Entstanden 2008-2011
Erste Buchausgabe 2012

tredition taschenbuch
Erste Auflage 2012
© Sascha Allan Filz
Alle Rechte vorbehalten
Gedruckt in Deutschland
Verlag tredition GmbH
ISBN 978-3-8491-4707-5

JETZT IST MORGEN GESTERN

Aphorismen

Gentille

„Too drunk to fuck..." - diese Liedzeile ging mir immer wieder durch den Kopf während mein grüner VW-Bus mit verkümmertem 1,6 Liter Motor an der Ampel stand und mitsamt mir als Insassen wartete, bis ein Lichtsignal den weiteren Weg freigab. Solange das oberste Feld der Ampelanlage leuchtete, konnte ich mir auch als Rot-Grün-Blinder recht sicher sein, dass Stillstand ein adäquater Zustand für den Moment war. Es blieb also genug Zeit, ziemlich genau soviel, wie sonst auch. Der Gedanke an eine Kindergartenliebe, Lisa, sie verbringt neuerdings Ihr Dasein wohl mit halsbrecherischer Banditenjagd, wurde vom direkten Erleben eines Passanten verdrängt. Keine besonders betrachtenswerte Gestalt, unifomierte Graukleidung mit ledernen Lackschühchen und adretter Frisur; bereit für das nächste Vorstellungsgespräch oder gar schon Meeting? Wie die Verkleidung dieses Mittdreißigers, so auch seine vermeintlichen Gepflogenheiten - anständig, geduldig, korrekt und geradlinig. Wartend auf ein ähnliches Lichtsignal, wie ich. Nur eben im Freien stehend und nicht im Geschlossenen sitzend. Wie oft stand ich schon an Ampeln und wie oft wurde der eine Geistesblitz vom nächsten eingeholt und ersetzte diesen in seinem Fortgang. So beobachtete ich, gewollt oder ungewollt, einen passagären Fußgänger beim Warten. Auf was wartete ich denn eigentlich, außer auf eine Grünphase? Na, endlich, meine Aufmerksamkeit war wieder weg vom Passanten, hin zu wahrer Freizeitphilosophie - so gefiel ich mir, immer auf der Suche, stets unterwegs, ohne jegliche Anzeichen uncooler Rastlosigkeit. Meine Engelsgeduld wurde mir erst dann wieder bewusst, als der Anzugträger damit begann, eine Kommunikation in nicht überhörbarer Lautstärke mit verborgenen Hologrammen zu führen; als wäre dies noch nicht genug, begann er die mobile Ampelanlage zu maltretieren - wodurch ich wiederum an eine neue Liedzeile erinnert wurde: „I hurt myself today, to feel, that I still real...". Vielleicht lag es aber auch an meiner Bedeutungsgebung in dieser verfahrenen Situation aus Dauerstehen, dass ich dem Körperspiel des Mannes mit ledernen Lackschuhen eine Schmerzkomponente beimaß. Jedenfalls fühlte ich mich unterhalten und amüsiert, genoss meinen Logensitz und beschloss, mir selbst treu zu bleiben. Über den Gedanken an Russell Crowe, welcher John Nash im Kasenschlager „A beautiful mind" mimte, tastete ich mich mal wieder an die Rekonstruktion des Namens eines Hauptdarstellers in „Lost in Translation" heran; John Belushi, Scarlett Johansson, Ghost Busters, na endlich, Bill Murray. Gott sei Dank, Vater unser im Himmel, geheiligt werde Dein Name, Dein Reich komme; Stopp, Stopp, ich war schon wieder bei meinem abendlichen Ritual, nach dem verbesserten Zahnputz und in einem von unzählig möglichen Betten liegend. Konzentration musste her, Inspiration gleich dazu, Kontemplation und Erlösung sollten folgen. Nach dem Einlegen des ersten Ganges überlegte ich, ob es wohl ereignisreich genug war, Eva von meinem Ampelstand zu erzählen; wer weiß, vielleicht wird ja selbst dieser glorreiche Moment meines irdischen Daseins von einem weiteren Höhepunkt des folgenden Heutigtages überstrahlt und meine Sorge ist ebenso wenig berechtigt, wie meine Hoffnung. Zudem sollte ich nicht allzu viel Zeit und Anstrengung in das banale Alltagswerk stecken, schließlich hatte ich noch Großes vor. Es fällt mir noch heute nicht jeden Tag leicht zu leben, wenn ich daran denke, dass dieses ganze Gemache nur dazu dient auf den einen, genialen Moment zu warten. Vor allem dann nicht, wenn man noch nicht einmal eine Ahnung davon hat, wie dieser Moment aussehen könnte. Einzig und allein die Zuwendung zur gefühlten Sicherheit, ob der Existenz dieses Momentes, beruhigten mich auf versöhnliche Art und Weise. Um nicht mehr länger nur von diesem Gefühl abhängig zu sein, nutzte ich die gewonnene Energie, um das Große in materialistischer Welthaftigkeit zu dokumentieren, vielleicht war ja das schreibend lesbare Worte mein Medium? Vielleicht gab es bald nur noch zwei Welten - eine vor dem Weltwerk J. A. Theulins und eine danach. Sollte ich also diese Welt neu ordnen, mit nur einem Buch, mit alleine meinen Gedanken und Worten? Warum nicht, so verbat ich mir die übliche, penible Parkplatzsuche und verschaffte mir jenen Platz, welchen ich angesichts dieser Weltneuordnung zu verdienen schien. Zähneknirschend vom Staub des herabrieselnden Putzes, der sich aufgrund meiner Direkthauseingangs-parklückenschaffung ergab, ließ ich mich auch vom Fehlen der Peter Maffay Platte, „Revanche", nicht aus dem Konzept bringen und begann mit einem Bleistift in Briefkartenformat - es sollten ja große Worte eines großen Werkes werden. Aufgrund ungeahnter Nachlässigkeiten in der momentanen Gewissenhaftigkeit meiner Lebensführung, fand ich, trotz umfang-reichster Recherche, kein unbeschriebe-nes Blatt. Die Gedanken an einen häufig von mir gewählten Spruch, „...wie im richti-gen Leben", ließ ich an der alten Welt her-unter gleiten und befreite meinen Unter-bauch von seinem dazugehörigen Druck, den ich im Zuge der letzten drei Stunden, nahezu ignoriert hatte. Aus ökonomischer Sicht und gleichsamer medizinischer Überzeugung, nutzte ich hierfür das orts-ansässige Waschbecken als Urinal. Meine Hände wusch ich im Anschluss an den Er-leichterungsvorgang, mit jenem Wasser, das auch die Reste der leicht gelblichen Flüssigkeit gen Abfluss beförderte. Gerüchten zufolge soll Harnsäure wohl die Rohre angreifen und dadurch eines Tages eine gewisse Porösität und Brüchigkeit erzeugen - ich beschloss auch hier meine Taten und Hypothesen selbst zu überprüfen; der passende Einstieg eines wahren Lebenswissenschaftlers in sein Werken. Ohne lose Blattsammlung und Block, war ich nahezu bei jedem geschriebenen Buchstaben stolz und froh zugleich, gerade noch im rechten Moment die Großzügigkeit und freie Beschaffenheit meiner Flurwände bemerkt zu haben, auf welchen ich nun begann:

Tacheles

Eventuell kennen Sie die Situation etwas zu Papier bringen zu wollen, einem Gefühl, einer Neigung oder einem Erleben Ausdruck verleihen zu wollen, sei dies durch Sprache, Schrift oder jegliche sonstig denkbare oder gelebte Art der Kommunikation. Wenngleich ich sehr wohl davon überzeugt bin, die grobe Kontur des Inhaltes (m)eines Denkens und Fühlens in mir zu tragen und sozusagen darüber Bescheid zu wissen, so spüre ich doch immer wieder eine gewisse Schwelle, den Anfang zu machen, das zu Vollziehende auch wahrlich zu begehen. Meist fällt mir dieser Vorgang des Beginnens nicht leichter, wenn ich mir verdeutliche, dass andere Menschen dies auch tatsächlich lesen oder aufnehmen könnten. Meine, an mich gerichtete Erwartungshaltung, bloß kein falsches Wort zu verwenden, immer die korrekte und eindeutige Formulierung zu wählen, eine (für mich und für den Empfänger) passende Wahl der Form für den Inhalt zu finden, scheint dabei mehr Geißel denn Ansporn. Daher entscheide ich mich schon jetzt und gleich zu Beginn (von was auch immer) eher für mich zu schreiben. Sollte dennoch der Spaß auf Ihrer wie meiner Seite zu finden sein, so könnten wir gar von einem synergistischen Prozess sprechen. Ich jedenfalls bin gewillt, (m)einen Teil zu dieser eventuell entstehenden Synergie beizutragen, indem ich versuche lustvoll, demütig und lebendig zu werkeln...

Manchmal habe ich das Gefühl, dass auf dem Bildschirm schneller Worte und Sätze, Formulierungen und Phrasen erscheinen, als ich dem eigenen Denkprozess folgen könnte. Dies löst jedoch weniger Bedenken in mir aus, ob der gewaltigen unwillkürlichen Kraft, vorbei an der so geschätzten Kognition, sondern erzeugt eher ein Erleben von „Flow", ob der reinen Form, welche sich so unverblümt und wie von selbst widerspiegelt. Geht man davon aus, dass Materie endlich ist und Zeit unendlich - zumindest gehe ich im Moment davon aus - dann könnte man fast zu der Idee gelangen, dass ohnehin nichts neu wäre, nichts unentdeckt, alles bekannt ist.

Sicher scheint mir diese Konsequenz zu einfach, da Sie den Zwischenraum der unendlichen Neuvernetzungen der begrenzten Materie außer Acht ließe; und doch berufe ich mich bezüglich eines anderen Anliegens darauf. Nahezu jeden inhaltlichen Punkt, den ich betrachten oder illustrieren möchte, nahezu jeden Satz, den ich schreibe, nahezu jeden Gedanken, den ich denke, basiert auf (m)einer Erfahrung kombiniert mit (m)einem individuellen Erleben sowie (m)einer konstruierten Einzigartigkeit des Momentes. Daher liegt es mir fern, die scheinbaren Gründer/innen oder Beanspruchter/innen irgendwelcher Ideen oder Formulierungen als Quelle oder Verweis zu erwähnen - schlichtweg, da ich selbst überhaupt nicht in der Lage bin zu trennen (wenngleich ich auch nicht trennen wollte, wenn ich in der Lage wäre), was eigen und fremd, was übernommen oder vereinnahmt sein könnte, was weiterentwickelt oder abgeändert (und damit neu) sein könnte. Wissen Sie denn, weshalb Sie so denken oder handeln, wie Sie dies tun? Vielleicht fußen meine Gedanken, und damit auch diese Zeilen, grundsätzlich auf einer Aussage eines alten Bekannten; vielleicht hat mir auch mal ein Spruch meines Handballlehrers imponiert, ja vielleicht entsprang Alles dem Lesen einer Postkarte. Ich gehe davon aus, dass ein unendliches Sammelsurium an Eindrücken, an Vernetzungen, an Erleben, kanalisiert in einem Organismus eben das ergibt, was als Person oder als Ansammlung von verschiedenen Anteilen in einer ganz spezifischen Abmischung bezeichnet werden kann. So dürfen Sie auch diese Zeilen als eine Art Produkt einer oben genannten Abmischung zu einem bestimmten Zeitpunkt betrachten. Ich danke auf diesem Wege allen Eindrücken, Einflüssen und Erlebnissen und lade jeden, welcher sich in einem Gedanken erkennt, dazu ein, froh über die nun teilbare Welt zu sein.

Als Anmerkung streue ich hier (auch gleich zu Beginn) ein, dass die gewählten Absätze oder Kapitel lediglich einer konservativen Seite meiner selbst gewidmet sind, da ich beim Lesen eines Buches penibel froh bin, wenn ich einen Absatz erreicht habe oder ein Kapitel zu Ende gelesen habe, um zufrieden und pflichtbewusst den eventuellen Einstieg bei erneutem Lesen leichter zu finden. Dies meine ich sowohl inhaltlich wie formal. Damit lade ich Sie dazu ein, sich nicht irritieren zu lassen, sofern ein Abschnitt inhaltlich noch nicht beendet scheint, jedoch ein formaler Absatz erkennbar ist. Mir selbst gebe ich damit wiederum die Freiheit, gleich einem Ausspruch meiner Mutter, dass ich in Gesprächen zumeist „von Kuchenbacken zu Arschbacken" gelange, einfach so zu schreiben, wie mir gerade danach ist; ohne Rücksicht auf inhaltliche Vollständigkeit oder dem Dogma, ein Kapitel auch wirklich beenden zu müssen; gleichfalls mit dem Anspruch, den momentanen Stand der eigenen und anerkannt begrenzten Überschaubarkeit zu definieren, mit der Gewissheit, dass Alles nur ein Ausschnitt ohne Anspruch auf Vollständigkeit sein kann.

Lunette

Wo steckte eigentlich Eva? Ein innerlicher Metalog zwischen der Existenz im Hier und einem Prä-ich bezüglich der Frage des verwendeten Anhaftungsmediums als geeignetes Mittel zum Zweck der Tapetenbefestigung, konnte nur noch auf einem Beikommunikationsgleis weitergeführt werden, da die störende Außenwelt wieder einmal nicht an sich halten konnte. Wahrscheinlich war es weder industriell gefertigter Kleister, noch zweckentfremdete Oköpansche; in vollstem Vertrauen zu mir selbst, sowohl gerade jetzt, in vergangenen wie in zukünftigen Zeiten, besann ich mich auf das contenancewahrende Öffnen der pressspanimitierten und weissgefluteten Eingangstür mit Spion auf einer Höhe von ca. 173,5 cm. Noch beim Drücken der schlichten Silberklinke fragte ich mich, ob überhaupt jemand geklingelt hatte - auch diese Frage klärte sich schneller, als sie entstanden war. Detlef, ein vermeintlicher Nachbar, der akribisch darauf bestand von allen kumpelhaft und vertraut Det genannt zu werden, hatte in breitbeinigem V-Stand seine Hüfte geschickt nach rechts (aus seiner Perspektive) abgekippt, um auf dem dadurch entstehenden Knochenvorsprung seine rechte Hand zu platzieren. Trotz dieser ballettreifen Leistung konzentrierte sich mein Blick eher auf eine blondierte Haaransammlung im Stirnansatzbereich seines jugendlich wirkenden Schopfes. Wie dämlich und geschmacklos konnten selbst Friseure sein, dass sie diesem Jüngling solch' eine Schmach zufügten. Sicher hatte auch ich schon Begegnungen mit oben Genanntem, welche mich hätten bewegt haben können, Ihn lächerlich machen zu wollen oder einfach nur zu ignorieren; aber alle Menschlichkeit kannte ja auch Grenzen. Ob nun der passende Moment war, Detlef (ich achtete ebenso akribisch auf die vollständige Nennung seines Vornamens) mein Beileid auszudrücken? Wozu kam er eigentlich gerade jetzt vorbei? Auch wenn ein Restunwohlsein blieb, ich fragte Ihn. Dabei stellte ich fest, dass sich seine Lippen schon bewegten, ehe ich meine wieder in einen Zustand von

Ruhe und sanftem Aneinaderliegen gebracht hatte. Eine Frechheit, mir auf so plumpe Art und Weise ins Wort zu fallen. Ohne seinen Schwall aus Zaghaftigkeit und Verängstigung weiter zu beachten, empfand ich tiefes Mitgefühl ob seiner kümmerlich ausgeprägten sekundären Geschlechtsmerkmale und schloss die Tür mit einem energischen Stoß. Mit einem geschickten Dreh auf der linken Fersenregion beschrieb ich 2/3 eines Kreises, ehe ein sanfter Widerstand, welchen ich aufgrund meiner fulminanten Drehgeschwindigkeit keinesfalls vorher hätte sehen können, die beschriebene Fulminanz der Bewegung verminderte. Noch ehe ich versuchte meine Kreisbewegung fortzuführen, setzte sich der gespürte sanfte Widerstand in Bewegung. Joest, ein Kommilitone mit Afrolook und schneeweißem Gewand, musste sich wohl im Laufe des leidigen Intermezzos mit dem Jüngling an mir vorbei geschlichen haben, um nun mit verschmierten Brillengläsern und Möchtegern-Top-Gun-Allüren meine Interdentalbürstchen aus dem Großhandel zu missbrauchen. Zumindest verschonte er die selbstgestrickten Socken meiner ehemali-

20

gen Handarbeitslehrerin. Passgenau erhielt ich mindestens fünf Paare zu Weihnachten, Geburtstag, Namenstag und Allerheiligen. Joest hatte sich angewöhnt, ein bis zwei dieser Paare als hilfreiche Unterstützung in seine Hose zu stecken, wohl um in empfindlichen Regionen auch an sonnigen Tagen Wärme zu erfahren und möglicherweise auch, um seinem Gefühl nach Mannhaftigkeit augenscheinlich Ausdruck zu verleihen. In dieser Situation sah ich nur noch einen Ausweg, um die Möglichkeit einer kumulativen Vereinigung von Shibalba und Supernova weiter am Leben zu erhalten. Wir tranken wortlos Tequilla Stuntman. Joest litt dabei deutlich früher an körperlichen Symptomen als ich, da er Kontaktlinsen unter seiner Brille trug. Während ich weiter, durch bedingungsloses Nasenschnelleinatmen, das Salz an meine Nasenschleimhäute brachte und Zitrone in meine Augen träufeln ließ, trank Joest nur noch Tequilla, womit unsere einzige Gemeinsamkeit zerbrochen schien; selbst bei einfachen Handlungen zeigte sich nun, dass er nicht zum Stuntman taugte, weshalb ich Ihn bat, mich in zukünftigen Zeiten unserer beider

Leben nicht mehr zu kontaktieren. Angesichts meines Schaffensdrangs fühlte ich mich noch lange nicht zum Ruhen bereit und schreckte sofort wieder von der horizontalen Ellenbogenlage in eine vertikale Sitzbeinstellung, da mein Ritual des Vater unser im Himmel, geheiligt werde Dein Name, Dein Reich komme, mehr und mehr Besitz von mir ergriff.

Ohne mein Zutun und mein Beiwohnen lag am nächsten Morgen eine tote Katze auf meinen Füßen. Am Abend zuvor wurden diese noch von totem Strickwerk bedeckt, der Effekt schien ähnlich, zumindest waren meine Füße warm. Während ich nach der vermeintlichen Todesursache der Katze forschte und dafür mein Präparierbesteck stundenlang in kochendem Wasser reinigte, begann mein Magen- und Darmtrakt seiner scheinbaren Nichtbeachtung nachhaltigen Tribut zollen zu wollen. Dies veranlasste mich zu einer ausgiebigen Prüfung meines Vagotonus mittels Reinigung im oberen wie unteren Gastrointestinaltrakt, wofür ich mir entweder zwei Kloschüsseln oder eine Kloschüssel und ein Bidet, oder zwei Bidets gewünscht hätte. Die serielle Diachronizität der Grundreinigung führte nicht nur zu einer notwendigerweise längeren Gesamtdauer, sondern auch zu einer Sauerei. Wenngleich die angenehme Bradykardie während des Erbrechens Erinnerungen an die vergangene Nacht wach und real werden ließ. Ich dachte an Alles Nichts.

Alles Nichts

Beeindruckt bis überrascht wurde ich während einer Forschungsreise in Marokko von dem Satz: „Nichts bleibt stets unverändert". So oft und so beständig war und bin ich zeitlebens auf der Suche nach dem Steten, dem Bleibenden. Stets mit dem Wunsch etwas Dauerhaftes und Beständiges, ja gar Zeitlebensüberdauerndes zu entdecken oder zu schaffen. Dem Nichts wendete ich mich bis dato weniger bis nicht zu, sodass ob des oben geschriebenen Satzes eine unerfüllte Suche nahezu logisch bis zumindest nachvollziehbar scheint. Dabei weiß ich keineswegs, ob mein Geist, mein Körper oder mein Gesamtsystem jemals das Alles, geschweige denn das Nichts zu vernehmen mag; ich gehe eher von der Schwermöglichkeit aufgrund bekannter Endlichkeit aus. Dies scheint absolut füllend und doch Optionen erweckend genug. Schon viele Jahre herrschte für den Narziß in und mit mir die Sicherheit und lückenlose Klarheit, dass eines Tages Zeilen aus meiner Feder in größerer Grobansammlung die Blätter eines Gesamtwerkes beschriftend füllen würden. Dieser Teil in mir sammelte hierzu eifrig wie emsig Zitate und Ideen des spontanen Lebens aller Lagen, um vom Realo mit begrenzten und überaus beschränkten Mitteln brutal und beinah rücksichtslos ausgebremst und gezügelt zu werden. Sollten Sie also nun tatsächlich Worte und Zeilen in einigermaßen aneinandergereihter Form, gebunden und fortlaufend vorfinden, so könnte dies entweder für ein Ableben des oben erwähnten Realo sprechen, oder für eine zeitlich schiere Ewigkeit des Narziß in und mit mir, oder gar für ein Arrangement der vermeintlichen Widersacher auf zielorientierter Ebene mit Anerkennung für die Erfordernisse und Notwendigkeiten der bloßen Existenz und des Fortbestandes des anderen. Auch hier sollen und wollen Ihren denk- und lebbaren Vorstellungen der Möglichkeiten des Zusammenspiels oder des Durchsetzungsvermögens des einen wie des anderen keinerlei Grenzen der Endlichkeit im Wunsch der Unendlichkeit gesetzt werden - zumindest und schon gar nicht von mir. Komischerweise scheint mir auch beim Schreiben die Chance, das Nichts fassbar zu machen und nachvollziehen zu können, deutlich größer als Alles zu erkennen oder zu leben; dem Alles räumt eine vorhandene Demut einen Status der Unantastbarkeit ein, womit deutlich genug meine Grenzen dokumentiert und anerkannt werden. Ja gut, über das Nichts weiß ich in meinem Gefühl und meinen Gedanken wenig, aber es scheint mir begehbar und angehbar - schon diese Forschheit und jener Erkundungsdrang der bloßen Vorstellbarkeit der gegebenen und gespürten Möglichkeit macht für mich das Unterfangen glaubwürdiger, klarer und erstrebenswert, da die Grenzen erst ausgelotet werden dürfen und nicht schon in einer Grundskepsis angelegt scheinen. Vielleicht grenzt das Nichts ja das Alles auch in Weltrekorddimensionen ein - eine Dimension, die zwar im Moment (noch) unerreicht ist, aber erreichbar anmutet. Vor vielen Jahren, in Zeiten meiner eigenen pflichterfüllenden Schulnotwendigkeit, wurden wir als Klasse auserkoren, eine Verkehrszählung im Sinne des allgemeinen Volkswohles sowie der statistischen

Exaktheit aktiv mitzugestalten. Unsere aktive Rolle beschränkte sich darauf, mehrere Stunden am Stück an exakt demselben Platz auszuharren und Personen zu zählen, die einer Straßenbahn entstiegen oder solch' eine bestiegen. Während dieser langen Stunden am Stück kamen etliche Straßenbahnen und etliche Menschen vorbei und vorüber als auch entlang. Ebenso verging auch nur Zeit. Hätte man mich im Anschluss an diesen nur Zeitvergang gefragt, was ich gesehen oder beobachtet hätte, so wäre meine Entgegnung vermutlich „Nichts" gewesen. Daraus könnte ich nun ableiten, dass bei günstigem Fokus und Szenerie innerhalb einer gewissen Zeitspanne, selbst ich schon in der Lage war, das Nichts zu erkennen. Ein Begreifen dieses Nichts steht weiterhin nicht im Raum noch in der Zeit; und doch nährt diese Geschichte von Vergangenem meine Zuversicht der Überschaubarkeit des Nichts. In Phasen, in denen ich mir Nichts wünsche, fühle ich mich oft unzufriedener und weniger vollständig, als in Abschnitten, in denen ich konkrete Wünsche an die Welt und an das Leben formulieren und benennen kann. Wenngleich dies verwirrend und paradox scheint, so könnte dies bedeuten, dass der Wunsch des Nichts ebenso groß ist, als der Wunsch des Alles; ähnlich vermessen, ähnlich unerfüllt, ähnlich vage!

Eine mögliche Lösung für das Alles und das Nichts könnte aus meinem Verständnis weder in der Vergangenheit, noch in der Zukunft liegen, weder im Ansammeln, noch im Forschen, weder im Meditieren, noch im Konspirieren. Der Moment, gerade jetzt, schon vorüber, schon neu, wieder erzeugt - hier liegt für mich ein Streben nach Nichts und eine Möglichkeit zu Allem, hier findet Alles statt, Alles, was relevant ist, Alles, was wir denken, Alles, was wir leben; und doch ist Nichts von alledem wahrlich greifbar, nur lebbar...

Moustache

Noch immer von der anhaltenden Ruhe meines Herzschlages beeindruckt begab ich mich weiter auf die intensivierte Suche nach Eva. Mein Weg führte schnurstracks ins Metropolis - wie so oft fand ich dort anstelle Eva lediglich unzureichend aufgewärmte Tiefkühlpizza und unpassende Gesellschaft. Glücklicherweise wurde die herrschende akustische Kulisse von Klängen und Tönen übertüncht, die Ihren Ursprung außerhalb dieses Etablissements nahmen. So erledigte sich auch jede weitere Frage nach meinem schnellen Verschwinden und dem damit verbundenen Zuwenden zu basshaltigen Klängen der Umwelt. Wie sich rasch zeigte, war der Ursprung eine Feier am Ufer einer vielbefahrenen Brücke. Diese Feier wiederum ursprang der Spontaneität der berühmt wie berüchtigten Jungs - eine Bezeichnung, die weder Inhalt noch Form korrekt widerspiegelt und daher wohl nur aufgrund Gewohnheit und Kürze des Wortes noch immer gewählt wird. Da sich die Jungs und ich nun gefunden hatten, beschlossen wir nach kurzem Erholungsschlaf und anschließendem Hotdogfrühstück loszufahren. Einer der Jungs mutmaßte, dass man sich gegen Ende des August an der Westseite der Pyrenäen mit einem weiteren VW-Bus Fahrer treffen konnte. Neben dieser einmaligen Gelegenheit, einte uns ein gemeinsamer Drang. Obgleich die Jungs (wie auch ich) an numerischem Alter stetig zunahmen, änderte sich die Sicht des Außen nicht. Wir waren und blieben Jungs, keine Männer. Wir trugen keine schweren Lederjacken, unser Schuhwerk war eher leicht und wendig, denn globig und fesselnd. Auch Späße und Albereien schienen uns gegönnt; alles mutmaßliche Unterschiede, und doch nichts Bestätigendes. So machten wir uns als Jungs auf die Reise mit dem klar gefassten Ziel als Männer zurückzukehren. Meinem sehnsüchtigen Ziel - der Suche nach und Findung von Eva - schien dies nicht im Wege zu stehen. Auf wundersame Weise entstanden, in unserem Ziel der mannwerdenden Anerkennung, mehr Lösungen als Probleme und

wir erfreuten uns zunehmend fülliger Möglichkeiten als wir uns über fehlende Chan-
cen Gedanken machen konnten. Nach einigen Tagen Reise fanden wir auch beim
Abgleich der notwendigen Bedingungen
für ein ernsthaftes Mannsein nickende
Übereinstimmung. So passten wir den Le-
bensstil der folgenden Tage und Wochen
diesen Erkenntnissen an. Unweigerlich
sollte die erste Tat nach Augenöffnung das
Anzünden eines tabakhaltigen und in
Form gebrachten Gegenstandes sein,
wortlos! Nahezu zeitgleich mit einer gerin-
gen Latenz, die lediglich der unwohlen Er-
schrockenheit ob des neuerlichen Wach-
seins geschuldet war, bot sich an, starken
schwarzen Kaffee und ein Bier zu den
Konsumgütern zu zählen. Das Berau-
schen am eigenen Körperduft sollte deutlich erkennbar sein und unabhängig vom
aktuellen und individuellen Pflegezustand
stattfinden. Sofern Nahrungsaufnahme
überhaupt gewünscht oder erforderlich,
empfahlen wir uns allzeit und gegenseitig,
Hartwurst mit trockenem fettreichen Käse,
ohne Brot! Ein Messer am Mann schien
nicht mehr erwähnenswert, das gleichgül-
tige Vollführen sexueller Aktivitäten mit

aufdringlichen Frauen diente ebenso als Beiwerk. Im verbalen Ausdruck hatten Erläuterungen und Erklärungen keinen Platz mehr. Beim Eintreffen an der Westküste der Pyrenäen tranken wir wortlos zufrieden mit dem anderen VW-Bus Fahrer ein Panache' und beschlossen gemeinsam weiter zu fahren. Der unendliche Blick auf den atlantischen Ozean und meine Suche nach Eva wurden von flüchtigen Gedanken an unsere Endlichkeit untermalt.

Die Chance der Endlichkeit

Wie gut und deutlich kann ich mich daran erinnern, wie gerne ich auf jede Frage eine Antwort geben können wollte. Wie groß schienen all' jene Allwissende zu sein, die so viele Antworten kannten, so selbstsicher und klar wie eindeutig Ihre Kenntnis und Erfahrung als gesichert und unumstößlich deklarierten. Obwohl mein Streben diesen Antworten und einem schier grenzenlosen Wissen galt, war ich doch ebenso eindeutig sicher, diesen Zustand nie erreichen zu können. Heute bin ich mir sicher, diesen Zustand nicht mehr erreichen zu wollen. Ist die eigene Welt nur klein genug, finden sich wohl begrenzt Fragen, die Antworten bedingen. Je mehr man sich traut, in Frage zu stellen, je grenzenloser und auch unsicherer und unwissender wird das eigene Gefühl des Antwortgebers. Wenn wir davon ausgingen, dass viele Antworten auf ein und dieselbe Frage existierten, scheint mir günstiger, nach Fragen zu fragen, denn nach variablen Antworten zu suchen und zu streben. Wobei ich keineswegs ein überzeugter Anhänger davon bin, dass Fragen nie doof oder unpassend sein können - allzu oft hörte ich diese Ermunterung; nur um ebenso zu vernehmen, dass Fragen kategorisiert werden in: interessant, gut, betrachtenswert, und und und. Aus meinem Erleben werden zumeist jene Fragen als fragenswert und wertvoll von einem eventuellen Gegenüber bewertet, wenn dieser sich diese Frage noch nicht gestellt hat oder noch keine passende bis plausible Antwortmöglichkeit auf diese Frage finden konnte. Sich selbst schon gestellte Fragen scheinen oft ebenso fad und langweilig, wie schon Erlebtes. So oder so, sind auch dies nur Hypothesen und Erklärungsmodelle eines Unwissenden, welcher sich jedoch sehr sicher darüber ist, nicht wissend zu sein. Aus dem oben beschriebenen Wunsch, eines Tages an jenen Punkt des Allwissenden bzw. Allantwortenden zu gelangen, reiht sich für mich nahtlos das bekannte Bild an Szenerien an, wie es nochmal war, auf eine Frage nicht antworten zu können, etwas nicht zu wissen. Wahre innere Gra-

benkämpfe waren die Folge von solch' er-
nüchterndem Leben, wie unwirsch und un-
freundlich verhielt sich jener Teil in mir, der
allantwortend sein wollte, den anderen gegenüber, die korrekt und ehrlich, aufrichtig
und standhaft dazu standen, etwas nicht
zu wissen. Ein weiteres Phänomen der
Zerreißprobe aufgrund vorangehender Be-
wertungen. Was wäre schon dabei einfach
festzuhalten, dass man es nicht weiß?
Worin läge der Unterschied zu der Antwort
auf die Frage, ob man ins Schwimmbad
gehen wolle und darauf mit „Nein" antwor-
tete? Beide Male lautet die einfache und
klare Antwort „Nein", nein, ich weiß nicht,
nein, ich will nicht. Die erste Antwort
gleicht nach zuvor festgelegter Bewertung
einer Diffamierung des selbst, die zweite
Antwort erinnert eher (nach eben solcher
Vorabkategorisierung) an innere Klarheit,
an Entschiedenheit, an Eindeutigkeit. Erst
die eigene Legitimation, sich bei Gewahr-
werden aller Endlichkeit dieser Welt, dieser Zeit, dieses Lebens, als ebenso endlich zu betrachten, bedeutet(e) für mich
eine Befreiung und günstige Kooperation
meiner sich beziehenden Anteile in und
mit mir. Mit großer Wollust und interessier-

tem Engagement staune ich heute über die Einfachheit der Antwortmöglichkeit „ich weiß nicht". Welch' einfache Abgabe des Wunsches nach Macht und Wissenheit. Man könnte meinen, durch die neu gewonnene Anspruchslosigkeit des nicht allwissenden Anspruches, eine neue Variation der anderen Macht gewonnen zu haben, einer freiheitlichen und entspannten Macht. Gerade durch die Anerkennung der scheinbaren Unvollständigkeit bzw. das nicht Beanspruchen der absoluten Konsistenz, entsteht für mich eine neue Dimension der einbezogenen Vollständigkeit. Eventuell lasse ich mich gar zu dem Ausspruch hinreißen, dass erst durch ein Annehmen einer Endlichkeit, die Möglichkeit zur weiteren Unendlichkeit bestehen kann.

A la Nege

Endlich begann ich zu spüren. Ich spürte, dass Eva sowohl Wunsch wie Wirklichkeit war, sowohl Realität wie Fiktion. Zum einen schien sie Eva zu sein, zum anderen war sie Eva für mich, für meine Projektionen, für meine Wünsche und Sehnsüchte. Mann 807 sagte zu mir „komm!", was in unserem neuen imperativen Sprachspiel mutmaßlich so viel oder so wenig bedeutete wie „Hallo Mann 21, wie geht's Dir, hast Du Lust ein Bier mit mir zu trinken und einsame Zeit gemeinsam zu teilen?". Die homophobe Vertrautheit erlaubte uns eine gegenseitige Nennung bei der äußerlich erkennbaren Geschlechtlichkeit, zur individuellen Unterscheidbarkeit fügten wir eine arithmetisch Großrechner ermittelte Zahlenfolge zu. Das Bier wurde nebensächlich und wir unterhielten uns über „Gott und die Welt". Während sowohl Gott wie die jeweilige Welt sehr unterschiedlich waren, fanden wir teilbare Freude an dem Registrieren der doch sehr lange währenden irdischen Lebenszeit. Angesichts prognostizierbaren Faktoren und grob zweitausend Jahre andauernder christlich geprägter Zeitrechnung, konnten wir uns als ein circa zwanzigstel des Weltenlaufes sehen. Zwar nicht in globaler Masse, aber doch in individueller Betrachtung. Wir umspannten beobachtend und manchmal teilnehmend eine lange Zeitspanne - nahezu 100/2000 Leben pro kalendarischer Rechnung, beginnend seit Geburt des Jeuskindes. Mann 807 fühlte sich frei, Mann 21 fühlte sich freier. Frei von besitzendem Besitz, frei von äußerer Dimensionierung, frei von geiselnden Erfüllungsansprüchen. Wir lebten und betrachten das Leben als Selbstverständnis. Ohne Fragen nach einem Sinn und einer Berechtigung. Dadurch oder eher darin machte das Leben mehr Sinn als je zuvor. Sobald wir uns selbst in einem nicht fassbaren Raum begrenzen wollten, stießen wir an bekanntes Nichtwissen. Da unser Glaube ebenso gering ausgeprägt war wie unsere Zuversicht, endete dies zumeist in unerklärbarer Leere und Versagen. Mann 1508 erschien und schaute dem Wind beim Stehen zu.

Wir borgten uns und Hosenträger und be-
gannen Billard zu spielen.

Klares Nicht Verstehen

Eine klare Art der Verständigung und des Austausches scheint stets dann gegeben, wenn man sich darauf geeinigt hat, sich nicht zu verstehen bzw. sich nicht verstanden zu haben. Das Einlassen und der Gedanke an die bloße Möglichkeit, dass man sich wirklich versteht, ist schon eine Verwirrung an sich, da Sie sich niemals sicher sein können, dass Andere wirklich das meinen, was sie meinen. Aus meiner Sicht kann man also bei einem Gefühl des Verstehens lediglich (und das scheint schon richtig viel) von einer Ahnung des meinen könnens des Anderen ausgehen. In widerwilligen Zeiten könnte man meinen, dass man einfach noch nicht an dem Punkt der Unterscheidung angelangt ist, was einem das Gefühl des weiteren Verstehens suggeriert. Wie auch immer, ob nun eine Ahnung des gegenseitigen Verstehens vorhanden scheint oder das Gefühl dabei lediglich eine momentbezogene Illusion sei. Gingen wir davon aus, dass es keine weltverallgemeinerten Richtigkeiten oder so häufig benannte Objektivität gäbe, so könnten wir mittels des ständigen Abgleiches unserer eigenen subjektiven Realitäten zumindest eine Art punktgenauer und zwischenraumbezogener Konvention herstellen. Dabei könnte als umständlich oder unnötig anmuten, sich vorher darüber auszutauschen, was denn wer zum Beispiel unter „Sitzgelegenheit" versteht; und doch plädiere ich offenherzig und freimütig für diese Umstandskrämerei, da wenig destruierender für mich ist und schon war, als nach zeitlangem Austausch auf die Idee zu kommen, dass man aneinander vorbeigeredet hat; vor allem, wenn dieses Vorbeireden nicht an einer per se vorhanden Unterschiedlichkeit läge, sondern an der sich unterscheidenden Annahme, scheinbar wissen zu können, was Andere meinen. Da wir uns nun nicht in einem gemeinsamen Gespräch in alltäglich erlebtem Sinne befinden, sondern ich dies in einer Art Zeitversatz schreibe, während Sie die Möglichkeit haben, zu Ihrer Zeit ein Gegenstück bzw. eine Ergänzung zum Schreiben wahrzunehmen, frage ich mich, wie wir dieser Situation mit der kapitelbenannten Überschrift gerecht werden könnten. Die Frage für mich dabei ist, wie Sie Ihre eventuelle Erwiderung geltend machen könnten? Vielleicht einige ich mich mit mir selbst darauf, dass Sie jederzeit die Möglichkeit haben und hätten, den beschriebenen Zeitversatz und damit einhergehende Restriktionen bezüglich der Gegenseitigkeit der Kommunikation, damit zu quittieren, dass dies nicht Ihr Verständnis von Kommunikation sei und eventuell auch nicht zu Ihrem Wohle beiträgt, geschweige denn anregt oder Freude bereitet. Ich kann wohl im Moment, einer Zeit, die nach meiner Rechnung, vor der aktuell Ihrigen liegt, je nach eigener Definition und Festlegung des vor und nach sowie perspektivischem Bezugspunkt, nur anbieten, für sich zu prüfen, ob die Gründe, eine Zeile mehr zu lesen, eine Seite mehr umzublättern, den einen und anderen Gedanken selbst weiterzuführen, ausreichend und gut genug sind. Dies überlasse ich anerkennend meiner eigenen Endlichkeit und Reichweite Ihnen und freue mich über jede Entscheidung, sofern sie Ihre ist...

Noch einige Worte zu den, von meiner schreibenden Seite benutzten Worte Objektivität und Subjektivität. In jenem Moment, in welchem Sie als Betrachter und Beobachter oder gar Involvierte bis Beteiligte aktiv sind, oder auch passiv, jedenfalls Sie zu sein scheinen, frage ich mich und Sie, ob Sie denn überhaupt als Objekt taugen? Käme denn selbst im passivsten aller passiven Fälle eine Möglichkeit der Bezeichnung eines Objektes in Frage? Ich gehe davon aus, dass der Begriff „Objektiv" und alle Artverwandten mit zugehörig gemeintem Inhalt, eine Art Kunstbegrifflichkeit zu sein scheinen, ohne dass der Inhalt jemals in einer uns bekannten oder konstruierbaren Welt mit einem fassbaren Verständnis zu füllen wäre. Damit meine ich, dass ein Begriff für eine nicht existente Sache besteht. Daran ist wohl nichts einzuwenden oder auszusetzen, ich will lediglich darauf hinweisen und Sie selbst entscheiden lassen.

Uffbasse

Der Weg vom Billardtisch führte direkt am Damm entlang zur 44. Straße. An der ersten Kreuzung stießen wir auf drei sympathisch wirkende Burschen. Trotz der phänotypischen Unterschiede, die ein Blinder mit bloßem Auge erkennen konnte, beteuerten alle drei Ihre beglaubigte Blutsbruderschaft. Der eine hieß Serge [gesprochen: Säersch], der andere hieß Serge [gesprochen: Serjhe], der verbleibende hieß Serge [gesprochen: Särge]. Wie uns Männern nach wenigen Stunden auffiel, waren wir in einen heftigen Disput zwischen Serge [Säersch], Serge [Serjhe] und Serge [Särge] geraten. Der jeweilige Kauderwelsch des jeweiligen (drei unterschiedliche Kauderwelsche) machte uns ein Erkennen der möglichen Grundthematik des kontroversen Diskussionsforums nicht leicht. Wir einigten uns jedoch nach geschätzten 43 Sekunden auf „Held". Was macht einen Helden aus, wer macht wen durch was zu einem Helden? Serge [Säersch] bestand ebenso auf seiner Meinung wie Serge [Serjhe] und Serge [Särge]. Auf Serge's [Säersch's] Aussagen konnte weder Serge [Serjhe] noch Serge [Särge] etwas entkräftend relativierendes entgegnen. Erst als Serge [Säersch] behauptete, dass ein Held jemand sei, der für seine Ideale einstehe und ganz und gar nicht in Todesgefahr dabei geraten müsse, dabei diese Ideale über die Grenzen der eigenen Person hinausgehen müssten, schien die Zusammenkunft eine eindeutige Wendung zu erfahren. Serge [Säersch] wurde vom Disput ausgeschlossen, seine Emotionalität und Menschlichkeit seien zum Kotzen und erbärmlich. Dies konnten nicht die Worte eines Helden sein, geschweige denn seine Haltung. Hierin waren sich zumindest Serge [Serjhe] und Serge [Särge] einig. Gerade als Serge [Säersch] das Feld endgültig und reumütig verlassen wollte, schallte ein eindringliches „SOS - Mann über Bord" an den Dünendamm. Solange Serge [Serjhe] und Serge [Särge] noch damit beschäftigt waren, so zu tun, als hörten sie lediglich das Rauschen des Meeres, sprang Serge [Säersch] schon in die Wogen einer gewaltigen Flut. Das Ziel war weit, das Ufer ebenso, die Kraft reichte für einen - den Mann über Bord. Serge [Säersch] lebte und starb als freier Mann.

50:50

Die Wahrscheinlichkeit, dass Robin Scherbatsky und ich uns eines Tages mal treffen oder begegnen werden liegt bei 50:50; mein Vater würde wohl „fiftyfifty" sagen, vielleicht ist auch seine Aussprache dieser Worte ein Anlass für mich, dieses Kapitel daraus und damit zu beschreiben und zu gestalten. Schon lange Zeit liebäugle ich mit dem Gedanken, wie es sein könnte und wäre, mal diese Frau zu treffen - lediglich auf einen Kaffee. Die Zeit des Getränkes zu nutzen; für ein Sehen und Spüren des möglichen Wunsches auf ein erneutes Treffen - bei allen Beteiligten oder zumindest einem. Nahezu jedes Mal, wenn ich diese Geschichte bzw. diesen Wunsch anderen Menschen mitteile, ernte ich staunen, respektvolle Blicke oder angetragene Gedanken der Überheblichkeit. Meine Ergänzung umfasst dann zumeist die 50:50-Regel, welche nicht im geringsten einen mathematischen, statistisch korrekten oder sonstigen Anspruch auf allgemeine regelhafte Richtigkeit erhebt. Diese 50:50-Idee entspricht lediglich meinem logischen Verständnis und ist jedes Mal wieder so einfach und banal und doch korrekt (aus meiner eingeschränkten Sicht). Sodass ich nahezu den zu betrachtenden Inhalt ob meines Staunens vernachlässige. Nun konkret; zu guter letzt finde ich eben Robin Scherbatsky auf ein Neues sehens- oder erlebenswert und Robin Scherbatsky findet mich aufs Neue sehens- oder erlebenswert. Die Chance dazu liegt also bei jedem Beteiligten bei 50:50. Irrwitzigerweise gilt dies für jedes erneute Treffen. Selbst wenn ich schon fünf Elfmeter hintereinander verschossen habe, liegt die Chance beim Antritt zu Versuch sechs bei 50:50, ob ich treffe oder nicht. Jedes mir fähig konstruierbare Beispiel des Lebens und dieser Welt endet bei einer 50:50-Chance. Damit scheinen auch die entlegendsten Sterne erreichbar, fast greifbar und nah; ebenso scheint der Grad an gewünschter verdinglichter Sicherheit auch nicht höher. Man könnte damit die Idee entwickeln, nach Höchstem zu streben, da die darin liegende Erreichensmöglichkeit genauso groß oder klein ist, wie jene von wahrscheinlicher gehaltenen Zielen oder Wünschen. Als absolute Aussage würde ich formulieren: die letzte Wahrscheinlichkeit liegt immer bei 50%. Die Betrachtung der relativen Häufigkeit liegt mir keineswegs fern, entspricht jedoch nicht annähernd meiner Vorstellung von Potential und Unternehmertum. Für einen unternehmenden Geist und Körper kommt mir die 50:50-Sache viel gebräuchlicher und günstiger vor, als das bloße Aufrechnen der möglichen bis vorhersagbaren Wahrscheinlichkeit aufgrund retrograden Erlebens. Wie auch immer, die Diffamierung dieses Buches fernab von wissenschaftlicher Haltbarkeit und weltgenössischer Betrachtbarkeit wird ja mit jeder Zeile abgeschlossener, sodass der Freiheitsgrad einer individuellen Beliebigkeit und letztlich doch nicht weniger fassbaren Wirklichkeit, steigt. So sind Sie, ebenso wie ich dazu aufgerufen, nicht Plausibles auf mich zu schieben, ebenso wie ich Unverständliches auf Sie schieben werde.

Ich wäre sicher nicht der Erste, der unverkannt bleibt und wohl längst nicht der Letzte, selbst in dieser Sparte des Lebens und Sterbens tummeln sich schon genug

Wunschkinder und Junggeborene, Verhei-
ßungsvolle und Enttäuschende.

Raging bull

An der Bar trafen wir Joest, er nannte sich jetzt Richy. Wir tranken eine kalte Zitronenlimonade auf Serge [Säersch]. Richy tat das, was er am besten konnte, stören. Sein Wortschwall wollte im Zug der Zitronenlimonade nicht enden, seine Gestikuliererei machte die gesamte Erscheinung noch unglaubwürdiger und verdarb uns den Appetit. Wir beschlossen, uns in memento, alljährlich am 18.09. für 24 Stunden zu treffen. Das Datum war einzigartig, die Quersumme des Tages ergab den Monat, die Quersumme aus Tag und Monat ergab den Tag. Da wir kein Bargeld hatten, zahlten wir in Jetons. Richy wurde von unserer Männergruppe ausgeschlossen, worauf er beschloss, die Seiten zu wechseln und sich in vermeintliche Gespräche mit beliebigen Frauen flüchtete. Unterdessen einigten wir uns auf das Erstwahlprinzip und angelten uns jene Frau, die beim Betreten des Raumes unsere erste Wahl war. Entgegen Richy redeten wir nicht viel und hielten uns auch mit Gestik und Mimik deutlich zurück. Das Erstwahlprinzip machte sich bezahlt, da jede Auserkorene sofort spürte, dass wir nicht bereit waren Kompromisse einzugehen, sondern stringent und aufrichtig einzig und allein der ersten Wahl in Freiheit verpflichtet waren. Das unmissverständliche Spüren einer enormen Exklusivität bei völliger Wahlfreiheit stärkte unsere Integrität. Für jeden von uns war erstaunlich, wie potent dieser Fokus zu machen schien, sodass wir uns nach eindringlicher körperlicher Übereinkunft mit den betreffenden Damen, gewaltsam von diesen entledigen mussten. Trotz dieses unüblichen bis dysharmonischen Trennungsvorganges erhielt jeder von uns Männern von seiner abendlichen wie nachtgewaltigen Erstwahl ein Abschiedsgeschenk und persönliches Andenken. Wir gebrauchten diese Accessoires als Willkommensgeschenk für die Erstwahlen des folgenden Tages. Allerdings sorgten wir uns mehr und mehr um Zeit- und Raumressourcen, da noch keiner von uns befriedigende Erfahrungen mit der Unendlichkeit gemacht hatte.

Das Zeitfenster

Nachdem ich vor vielen Jahren, vielleicht auch einigen Jahren, einer Bekannten aus der Schule vorgegaukelt hatte, nicht zu Ihrer Verlobungsfeier kommen zu können, da ich nicht hatte kommen wollen, mir jedoch ersparen wollte, so ehrlich und aufrichtig Ihr gegenüber zu sein und daher zeitliche Engpässe als Gaukelei erwähnte, kam mir der beklemmende Gedanke, dass eines Tages eventuell wirklich eine Situation eintreten könnte, bei welcher mein Dasein zu ähnlicher Zeit an unterschiedlichen Orten günstig wäre. Bis heute macht mich der Gedanke eines Hologrammes zur gekonnten Meisterung dieser heroischen Aufgabe nicht gerade an, weshalb ich damals begann, an einem Zeitfenster zu konstruieren. Zu Beginn dieser Konstruktionszeit lag mein Augenmerk auf einer devoten und äußerst geistig betonten Herangehensweise, welche sich recht schnell, vielleicht sogar sehr schnell, jedenfalls irgendwann, nicht bewährte. So verbrachte ich Jahrzehnte damit, erstmal eine mechanische Lösung für ein Zeitfenster zu konstruieren. Die Aufgabe der Erfüllung dieser Konstruktion ist schnell geschrieben und denkbar simpel, sie sollte einfach nur ermöglichen, gerade dann Zeit zu nehmen, wenn diese erforderlich wäre. Natürlich nicht ohne einen Preis. Welcher darin bestehen konnte, diese Zeit von der endlichen Lebenszeit abzuziehen. Der Abzug sollte gegen Ende erfolgen, sodass man halt nicht 84 Jahre, einige Monate und einige Stunden alt werden sollte, sondern zum Beispiel 82 Jahre, keine Tage und einige Stunden. Als Konstrukt schwebt mir noch immer eine Rahmenkonstruktion vor, die groß genug ist, um sich hindurchzuzwängen und doch klein genug, um nicht einfach hindurchschlüpfen zu können, zumindest nicht ohne jeglichen Aufwand. Damit war genug Relativität geschaffen und ein baldiges Losarbeiten war nur noch eine Frage der Zeit. Das Material für den Rahmen war mir ebenso gleichgültig, wie die Menschen meiner Umgebung, also entschied ich mich für Holz als Ausgangsmasse. Schönheit liegt ja bemerkenswerter Weise im

Auge des Betrachters, was mir zusätzlichen Spielraum für Experimente verlieh. Eine Sanduhr schien mir nützlich, aber unbrauchbar. Metall und ein Schweißgerät nötigten mir Respekt ab, bekamen aber meinem Augenlicht nicht. Und bei aller selbstgewählten Eigendestruktion, war ich auf meine Augen angewiesen, da ohne diese meine oben erwähnte Unabhängigkeit vom Betrachter nicht mehr zweifelsfrei gewährleistet sein würde. Jahrelang zeichnete und schliff ich, veredelte und verwandelte, sägte und strich ich. Auch wenn die Unterschiede, die meine harte Arbeit zu machen schien, jedes Mal klein waren, so waren sie doch vorhanden und beeindruckten mal mehr mal weniger. Während der Bauzeit kam mir die Idee und Notwendigkeit eines Zeitfensters mit den oben Genannten Eigenschaften wichtiger und wichtiger vor. Gerade durch die immense Nachfrage von Menschen, die den mich umgebenden Raum füllten, wurde mir die Dringlichkeit einer Fertigstellung zunehmend bewusst. Als ich endlich fertig war und das Fenster an seinen geschützten Ort transportierte, schoss mir, beim losen Durchstreifen der Einöde, jener Gedanke durch den Kopf, welcher Jahrzehntelange Arbeit von jetzt auf gleich in den Schatten stellen sollte. Schon so oft hatte ich daran gedacht und damit gearbeitet, dass Zeit unendlich sei, sozusagen nicht dimensionierbar; und doch erschien mir die notwendige Dringlichkeit des Konstruierens eines Zeitfensters sinnvoll. Nur Wozu? Um eine anerkannte Unendlichkeit noch unendlicher zu machen? Um mehr Zeit zur Verfügung zu haben? Du liebe Zeit, ich hatte an jenem Stellrad zu drehen versucht, welches keine neue Stellgröße bedingte. Nicht die Zeit ist knapp, oder zu wenig, das Leben ist endlich dimensioniert. Nur dadurch konnte ein Gefühl der knappen Zeit, des Unersättlichen, der Verlorenheit, entstehen. Scheinbar habe ich Zeit verloren, angesichts des Widmens einer Stellgröße, die keiner Widmung bedarf; anscheinend scheint jedoch auch das Entdecken der Unendlichkeit der Zeitdimension in diesem Zusammenhang mein Leben auf eine nicht berechenbare Art zu bereichern. Seit jenem Moment empfinde ich Zeit zu keinem Zeitpunkt als knapp oder nicht ausreichend; ich schöpfe aus einem Fass ohne Boden und labe mich an der Quelle des Lebens. Take your time…

Guanabana

„Ja eins, zwei, drei die Südsee kommt, Fanta Mango fliegt übers Meer...".
Diese Liedzeile aus längst vergangen vergessener Werbung stellte unser Tischgebet dar, wenngleich wir zumeist im Stehen ohne Tisch aßen. Auf der Weiterfahrt rannten zwei esoterische Ökokonservative neben unseren Bussen her und schienen sich selbst daran zu erfreuen, indem sie wieder und wieder „so nice, so nice" durch unser Fenster brüllten, während der körnige Inhalt ihrer Mundhöhle zwischen ihre Brüste gelangte und dort von den sich dynamisch bewegenden Drüsenmassen weiter zermahlen wurde. Wir zogen ebenso weiter und aus Männern wurden wieder Menschen. Unsere Messer verschwanden in Taschen, Bier gab es nur noch zu besonderen und außergewöhnlichen Anlässen, bisherige Klarheit und Entschiedenheit wurde von Kompromissbereitschaft und Weichspülerei abgelöst. Als alle anderen ausgestiegen waren, saß ich alleine

im Bus. Ich sah keinen Sinn darin, auszusteigen, wofür auch? Um in eine Wohnung zurückzukehren, die zumeist dafür diente, Sachen abzustellen, umzuladen und ein neues Tagwerk zu beginnen? Um für diese Verbindlichkeit auch noch einem Lehnsherren Geldmittel zukommen zu lassen? Um sich einer erlebten Freiheit zu berauben? Um elektrische Geräte anzustellen, die bei 0 Grad Celsius Außentemperatur und 20 Grad Celsius Wohnraumtemperatur, in ihrem Innern die Außentemperatur nachspielten, um dafür wiederum Strom zu konsumieren? Nur damit man im Innern nicht friert und trotzdem gekühlte Frischhalteprodukte zur Verfügung hat? Damit in der eigenen kleinen Welt ein permanenter Vorrat herrscht? Ein Vorrat, den man teuer mit Wartezeiten an Warteschlangen bezahlt? Insgesamt ein teurer Konsum diese Welt. Ich beschloss sitzen zu bleiben, weiterzufahren, mein Leben zu leben, meine Wege zu versuchen. Dafür wollte ich die Bedingungen dem gewünschten Leben anpassen und nicht das Leben den Bedingungen beugen. Im Laufe der kommenden Jahre genoss ich die Auswirkungen dieser Entscheidung aufs

Vollste. Ich fühlte mich nicht mehr verpflichtet, an einen bestimmten Ort zurückzukehren und hatte das Gefühl alles dabei zu haben. War draußen kalt, war drinnen kalt. Ein existenzieller und ganz basaler Grund aufzustehen. Der Sinn dieses Lebens wurde durch das Leben selbst gewahr. Heimaten fand ich ebenso ausreichend wie zahlreich auf den vielen Wegen. Irgendwie waren viele Bars immer wieder ähnlich und vertraut, irgendwie waren auch Schwimmbäder und Saunalandschaften immer wieder beiheimatend und bekannt. Die Orte schienen austauschbar, das Gefühl war beständig (er)lebbar...

Nachwort
eines unbeugsamen Moralisten

Wache Freiheit – freie Wachheit

Mit begeistert bedenklicher Empörung beobachte ich besorgt eine schwindende Ausübung von Verantwortung. Zu häufig erlebe ich, teils lesend, teils Anteil nehmend, teils einbeziehend, wortreich gesprochene Übernahmen von Verantwortung. Nicht nur für sich selbst und dem zugeteilten Leben, sondern gar für öffentliche Vorgänge. Zu selten erlebe ich, dass diese proklamierte Verantwortung tatsächlich ausgeübt oder umsetzend beachtet wird. In einer demokratischen Gesellschaft erwarte ich mehr, als um die Gunst und das Vertrauen des Wählers zu buhlen. Obgleich ich sehr wohl der Überzeugung bin, dass „Vertrauen der Anfang von allem" ist, so bin ich ebenso davon überzeugt, dass Vertrauen ein Resultat der stattfindenden und stattgehabten Handlungen ist. Dem eigenen Handeln lediglich das Ziel eines Vertrauensgewinnes zugrunde zu legen, scheint mir zu abhängig und in jeder Richtung unfrei. Dramatisch aus meiner Sicht wirkt jedoch eine gewisse Schläfrigkeit, Unlust oder Trance, mit der Auswirkung, sich mit Aussagen, Bekräftigungen und Beteuerungen zufrieden zu geben. Ich wünsche mir von vertrauensvoll gewählten Vertretern, dass sie daran interessiert sind, den inhaltlichen Ursprung Ihrer verliehenen Macht kompetent zu vertreten und nicht Ihre Handlungen nach Auswirkungen der Gunst vermeintlicher Wähler zu richten. Mehr noch fordere ich eine Wachheit und Aufmerksamkeit des einzelnen zum allgemeinen Erhalt der Freiheit des einzelnen. Ich plädiere für ein kritisches Hinterfragen des Vorgesetzten und Präsentierten, in jeder Hinsicht, in scharfer Art und sanfter Weise. Wieso gestattet eine Gesellschaft, bestehend aus Individuen, die in erster Linie Verantwortung für sich selbst tragen könnten (weitere Verantwortung betrachte ich als fakultativ und wählbar, damit verantwortungsvoll und individuell entscheidbar), dass bezahlpflichtig „freie" Medien in lupenreiner Kopie über sogenannte Plagiate richten? Ein moralisches Wettrüsten, sodass selbst die stete Neuerfindung von

Wort und Sprache nicht ausreichen dürfte, um nicht angeklagt zu werden. Während die moralisch anklagenden Wetträster munter Meldungen ungefiltert und in identischer Weise drucken, senden und verbreiten. Schon lange steht dabei nicht mehr eine Information im Vordergrund (wohl nicht mal mehr im Hintergrund), sondern ein Spiel des Voyeurs mit vermeintlichen Voyeuren, bei dem perfiderweise der Voyeur das Voyeurtum des Beobachteten bzw. Bespannten zur Anklage bringt, ohne sein eigenes Spannertum preiszugeben. Ein legitimer, und wie die Welt alltäglich ausübend zeigt, ein möglicher Vorgang; der jedoch nicht unbemerkt bleiben sollte. Und bemerken kann dies am Ende nur und doch zumindest der eigenverantwortliche Mensch, der sich ein „in Frage stellen" gewähren mag, der mehr sucht als findet, den Kant'schen kategorischen Imperativ befragt und lieber alleine ist, wenn die Sozialität lediglich der Vereitelung des Alleinseins dient. Zu keiner Zeit habe ich behauptet, dass dies leicht sei, vielleicht behaupte ich auch zu weiteren Zeiten, dass dies schwer wäre. Stetig und immerdar war und bin ich davon überzeugt, dass ein Streben nach Verantwortung mit Übernahme derselben für das eigen zuteil Seiende und Werdende ein Privileg ist, ein Privileg der Freiheit, ein Vermächtnis für den Erhalt der Freiheit, ein Pfand für ein gelebtes Leben.

it's not over

until it's over

Zeitfracht Medien GmbH
Ferdinand-Jühlke-Straße 7
99095 Erfurt, Deutschland
produktsicherheit@kolibri360.de